El cisne de Lohengrin

Miguel Echegaray

PERSONAJES	ACTORES
Concha	Srta. Pino
La Tiple	Srta. Membrives
Rosa	Srta. Moreu
Ramón	Sr. Mesejo
El tío Pedro	Sr. Ramiro
Manolito	Sr. Carreras
Paco	Sr. Anselmo Fernández
Antonio	Sr. Álvarez Mihura
El Poeta	Sr. Reforzo
Cipriano	Sr. Carrión
El maestro de escuela	Sr. Ruesga

Coro general.

Cuadrilla de toreros.

Pajes.

Heraldos.

Guardia municipal.

ACTO ÚNICO

Cuadro I

Plaza de un pueblo de la provincia de Salamanca. La Casa Ayuntamiento a la izquierda, en primer término; a la derecha, primer término, una casa de buena apariencia.

Escena I

MANOLITO, el Coro. El Coro de Hombres procurando leer un bando colocado a la puerta del Ayuntamiento.

Música.

MUJERES Media hora y nada,

      ni deletrearlo.

      Pronto, uno que sepa,

      que nos lea el bando.

MOZO .º   Me estorba lo negro.

MOZO .º   Lo han puesto muy alto.

MOZO .º   Si no está de imprenta

      y está muy borrado.

MUJERES A la escuela todos.

      ¡Cuidao que seis gansos!

MOZOS   Pues andad vosotras,

      ya que sabís tanto.

(Se acerca el Coro de Mujeres al cartel.)

UNA		«El señor Alcalde…

		este vecindario…

		cultura… los toros…

		la feria de mayo…

		confío… prohíbo…

		amonesto… mando…

		la multa… el programa…

		este vecindario…

		el señor Alcalde».

MOZOS	Estoy enterado.

MUJERES	Pues andad vosotros,

		ya que sabís tanto.

(MANOLITO por el fondo.)

MANOLITO	¿Qué hacéis?

MUJERES	¿Manolito?

TODOS		Pus deletreando.

MANOLITO	¿Sabéis lo que dice?

TODOS		Está muy borrado.

MANOLITO	No queráis saberlo.

CORO ¿Es malo?

MANOLITO ¡Muy malo!

Ya sabéis que el Alcalde

está algo ido.

Yo fui el secretario,

¡me ha despedido!

Dice que es muy preciso

regeneraros,

y que es grave el problema

de desasnaros.

Al maestro de escuela

le compró casa,

y él comprándose libros

la vida pasa.

Nos insulta diciendo

que somos moros,

y en la feria de mayo

prohíbe los toros.

ELLOS ¡Los toros!

ELLAS ¡Los toros!

UNOS ¡Aquí!

OTROS ¿Desde cuándo?

MANOLITO ¡El bando lo dice!

TODOS   ¡Maldito sea el bando!

            Si ahí nos lo dice,

            dícelo en balde.

            ¡Vivan los toros!

            ¡Muera el Alcalde!

            Feria sin toros

            ¡no puede ser!

MOZOS   Torearemos mi vaca

            yo y mi mujer.

TODOS   Nos insulta diciendo que semos

            ¡moros, moros, moros, moros!

            Pues que quiera o no quiera tendremos

            ¡toros, toros, toros, toros!

            Si ahí nos lo dice,

            dícelo en balde.

            ¡Vivan los toros!

            ¡Muera el Alcalde!

MANOLITO Calma, calma, ¡por Dios!, evitarme

            cárcel, multa, penas, lloros.

TODOS   Pues con multa o sin multa tendremos

            ¡toros, toros, toros, toros!

Escena II

Dichos y EL TÍO PEDRO, que sale de la casa proscenio derecha.

Hablado.

EL TÍO PEDRO. —¿Qué pasa aquí? ¿Por qué gritáis?

MANOLITO. —Ese bando, señor Pedro.

EL TÍO PEDRO. —Ese bando es una infamia.

CORO. —¡Afuera el bando!

EL TÍO PEDRO. —¡Quitarnos los toros es peor que subirnos el pan! ¡Esas cosas no pasaban cuando yo era alcalde!

MANOLITO. —Ni cuando yo era secretario.

EL TÍO PEDRO. —¡Dónde se ha visto feria sin toros! Los toros son lo único español que nos queda, la alegría de todas las provincias, la riqueza de este pueblo. De veinte leguas a la redonda vienen miles de forasteros a presenciar nuestras corridas. Gana el comercio, se llenan las posadas, se llenan las tabernas...

MANOLITO. —¡Y se llenan las boticas!

EL TÍO PEDRO. —¡Todos ganan! El señor Ramón, en fuerza de leer libros, se ha chiflado.

MANOLITO. —Está loco de remate. Me ha quitado de ser secretario.

CORO. —¡Que le lleven a Leganés!

EL TÍO PEDRO. —Suprimir los toros lo llama progreso.

CORO. —¡Muera el progreso!

MANOLITO. —Y ahí se atreve a decir que quedan suprimidas todas las barbaridades.

CORO. — ¡Vivan las barbaridades!

EL TÍO PEDRO. — ¡Pero aunque él no quiera habrá toros!

CORO. — ¡Vivan los cuernos!

EL TÍO PEDRO. — ¡En ese bando se nos insulta!

MANOLITO. — ¡Afuera el bando!

TODOS. — ¡Afuera!

(Se lanzan todos a la puerta y arrancan y hacen pedazos el bando.)

EL TÍO PEDRO. —Pero ese alcalde tan valiente y con tanta soberbia, ¿por qué se esconde? ¿Dónde está ese alcalde?

RAMÓN. (Saliendo del Ayuntamiento rodeado de tres o cuatro Amigos. Con gran dignidad:) —¡Aquí está el alcalde!

Dichos; RAMÓN con algunos Amigos que salen del Ayuntamiento; después EL MAESTRO DE ESCUELA.

RAMÓN. —No soy un valiente, pero a mí no me asustan ni los gritos de ésos, ni las amenazas tuyas. No te he temido nunca y he estado siempre enfrente de ti, porque has sido un cacique, ¡y de los peores!

EL TÍO PEDRO. —¡El cacique, tú!

RAMÓN. —Tú, que has tirado siempre a embrutecerlos para manejarlos más a tu gusto. Y yo les he de ilustrar, aunque tú no quieras, ni ellos tampoco, ni el pelele ese que he tenido por secretario.

MANOLITO. —¡A mí no me falte usted, a mí no me falte usted!

EL TÍO PEDRO. —¡Cállate tú y déjale decir!

RAMÓN. —¡Todo el mundo dice que es preciso regenerarse! ¡Pues la regeneración va a empezar por este pueblo! A ti te voy a hacer que andes derecho, que te has torcido siempre; a ésos que no sean analfabetos, que lo han sido siempre; y a ése que sea persona, que no lo es.

MANOLITO. —(¡Me las paga, me las paga! ¡Por éstas!)

RAMÓN. —¡Parece mentira que, estando tan cerca de Salamanca, no sepáis nada de nada! He suprimido los toros porque son una barbaridad. El año pasado en las corridas de feria se llenaron las casas de muertos y heridos, que no parecía sino que se habían batido en el pueblo el Kuroki y el Kuropakin.

EL TÍO PEDRO. —¡Qué exageración!

RAMÓN. —No hay pueblo con más cojos, y es por las corridas de feria. ¡Los toros son una vergüenza y yo los suprimo!

TODOS. —¡Toros!

RAMÓN. —¡No hay toros! En lugar de esa fiesta salvaje tendremos Juegos florales con su reina y su mantenedor, y su poeta premiado, y su flor natural y su corte de amor.

EL TÍO PEDRO. —¡Ay, juegos!

MANOLITO. —¡Y florales! ¡Qué cosa más fina!

RAMÓN. —¿Vosotros no sabéis qué es eso? ¡Es que sois muy brutos y hay que regeneraros a la fuerza!

CORO. —¡Brutos!

MANOLITO. —¡Pero qué lengüecita más larga!

RAMÓN. —Y este año en el teatro ópera, el Lohengrin, que ya se está haciendo el cisne en casa. Y nada de género chico, ni de salir a la escena con mallas, ni de bailar tangos, ni cuplés pa atrás ni pa alante, que el año pasado vinieron dos tiples ligeras y se me echaron a perder catorce casados de la localidad. ¡Aquí la moral!

EL TÍO PEDRO. —¡Aquí toros!

RAMÓN. —¡La regeneración!

CORO. —¡Toros!

RAMÓN. —¡Silencio, y respetad al alcalde!

MANOLITO. —¡Abajo el alcalde!

CORO. —¡Muera!

(EL MAESTRO DE ESCUELA, que sale del Ayuntamiento.)

EL MAESTRO DE ESCUELA. —¡Señores, por Dios! ¡Calma, paz, sin paz no es posible la vida!

EL TÍO PEDRO. —Ése tiene la culpa de todo.

MANOLITO. —¡Ése que le compra los libros!

CORO. —¡Mueran los libros!

RAMÓN. —Éste, éste es el que va a salvar al pueblo. ¡Aquí el maestro de escuela va a ir en automóvil!

EL MAESTRO DE ESCUELA. —¡Oh, no pido tanto! Me contento con que se me paguen con puntualidad las dos pesetas que me ha asignado usted y que redujo el anterior secretario a cero setenta y cinco.

MANOLITO. —¡Hombre, para un maestro de escuela! ¡Me parece que no está mal pagado!

RAMÓN. —Ya lo oiréis. ¡Va a ser el mantenedor de los Juegos florales!

EL TÍO PEDRO. —¡Mantenedor, él!

MANOLITO. —¡Él sí que necesita mantenedor!

EL TÍO PEDRO. —Yo no volveré a serlo. Que si llego otra vez a la alcaldía suprimo la plaza.

RAMÓN. —Ya te he dicho que a eso has tirado siempre, a embrutecerlos para explotarlos.

EL TÍO PEDRO. —¡Eso es llamarme ladrón!

RAMÓN. —¡O cosa parecida!

EL TÍO PEDRO. —¡Ramón!

RAMÓN. —¡Pedro!

(Se dirigen uno a otro amenazadores, se interponen todos.)

EL MAESTRO DE ESCUELA. —¡Señores, por Dios! ¡Calma! ¡Sin paz no es posible vivir! ¡Llevárselos, llevárselos, hijos míos!

EL TÍO PEDRO. (A quien llevan varios hacia su casa.) —Ya nos veremos, ¡y habrá toros!

CORO. —¡Toros!

RAMÓN. (Desde la puerta del Ayuntamiento.) —¡No hay toros, no hay toros! (Algunos Amigos le hacen entrar.)

ANTONIO y PACO. PACO se adelanta desde la derecha; ANTONIO desde la izquierda.

PACO. —¡Antonio!

ANTONIO. —¡Te buscaba!

PACO. —¡Tu padre ha insultado al mío!

ANTONIO. —¡El tuyo ha amotinado al pueblo contra el mejor de los hombres!

PACO. —Ellos son viejos y nada pueden hacer, pero nosotros somos jóvenes...

ANTONIO. —¡Para eso te buscaba!

PACO. —¡Pues aquí me tienes!

ANTONIO. —¡Pues contra ti voy!

(Intentan reñir; sale corriendo CONCHA de la derecha y sujeta a ANTONIO; ROSA llega corriendo por la izquierda y contiene a PACO.)

Dichos, CONCHA y ROSA.

CONCHA. (A ANTONIO.) —¡Hermano, por Dios!

ROSA. — ¡Por Dios, Paco!

ANTONIO. — ¡Déjame!

PACO. —¡Que me sueltes!

CONCHA. — ¡Por mí!

ANTONIO. —¡Por nadie!

ROSA. —¡Por tu hermana!

PACO. —¡Ni por mi hermana ni por Dios del cielo!

(CONCHA y ROSA se cambian.)

CONCHA. (A PACO.) —¿Y por tu Concha?

ROSA. (A ANTONIO.) —¿Y por tu Rosa?

PACO. —¡También es desgracia que yo quiera a la hija de ese hombre!

ANTONIO. —¡Por qué te habré conocido siendo hija de quien eres!

CONCHA. —¡A tu casa, a tu casa, Paco, si es verdad que me quieres! (Obliga a PACO a meterse en su casa.)

ROSA. —¡Adentro, adentro, Antonio, que te lo pido yo! (Obliga a ANTONIO a marcharse por la izquierda.)

Escena VI

CONCHA y ROSA.

ROSA. —¡Los padres se odian, los hijos se aborrecen! ¡Qué desgracia!

CONCHA. —Y nosotras, ¿qué? ¿Vamos a ser amigas o enemigas, cuñadas o hermanas?

ROSA. —¡Hermanas!

CONCHA. —Pues a probarlo.

(Se abrazan con efusión.)

ROSA. —También es manía la de tu padre, que no ha de haber toros. Pues es una fiesta muy española y más alegre que un día de primavera con sol, y a mí me vuelve loca.

CONCHA. —Y a mí me gusta la mar. Pero no me niegues que eso de los Juegos florales con su reina y su corte de amor y su poeta al natural tiene que ser muy bonito.

ROSA. —¡Eso huele también a primavera y a flores!...

CONCHA. —Y lo del Lohengrin con el cisne que estamos haciendo en casa; un cisne muy grande que va a andar por un río y dentro de él un guerrero con todas sus armas, vamos, que no puede estar mal.

ROSA. —¡Pues las dos juntas contra todos!

CONCHA. —Eso es, y que haya en las ferias género chico y género grande, tiples ligeras y óperas pesadas, toros del Lohengrin y cisnes del Veragua. Y dame el brazo y que nos vean juntas por el pueblo, aunque padre me pegue luego una paliza.

ROSA. —¡Y que el mío tiene la mano dura!

CONCHA. —¡Andando!

(Las dos cogidas del brazo y cantando.)

LAS DOS

Somos españoles netos,

aunque nos tilden de moros.

ROSA

¡Flores, flores, flores, flores!

CONCHA

¡Toros, toros, toros, toros!

MUTACIÓN

Cuadro II

Telón corto. La casa de EL TÍO PEDRO: una puerta en el foro; en las paredes alguna cabeza de toro y panoplias con banderillas y estoques.

Escena I

EL TÍO PEDRO, CIPRIANO y una parte del Coro.

EL TÍO PEDRO. —Por aquí, señores. Sólo he citado a unos cuantos para que no choque, porque si se entera nuestro gran alcalde Ramón Verderón, tan civilizado como es, haría una salvajada con nosotros.

CIPRIANO. —¡Pues aquí estamos toos a la disposición de usted!

EL TÍO PEDRO. —Mañana es el primer día de feria, y pasado la primera corrida, porque habrá corrida, quiera o no quiera el Verderón.

TODOS. —¡Sí, sí, corrida, toros!

EL TÍO PEDRO. —Más bajo; los que conspiran hablan siempre bajo. Sabedlo por si lo ignorabais. Él no tiene más fuerza en el pueblo que la pareja de la guardia civil y el cabo.

CIPRIANO. —Ésos están por nosotros. A mí me ha dicho el cabo en confianza: «yo soy un aficionado de los que se dislocan; entre mi mujer y un toro, un toro».

EL TÍO PEDRO. —Por ese lado va bueno: la guardia municipal que está formando, los verderones, aún no tienen fusiles.

CIPRIANO. —Entonces como si no.

EL TÍO PEDRO. —¡Y habrá llovido para cuando vengan los máusers!

CIPRIANO. —No hay carretero que se los traiga.

EL TÍO PEDRO. —Y de los bichos, ¿qué?

CIPRIANO. —Ya los tengo ajustados. Más que novillos; de cuatro yerbas: corridos ya en Villaverde, en Villapeñas, en Villacañas y en Villaconejos.

EL TÍO PEDRO. —Vamos, conocidos ya y acreditados. ¿Son siete?

CIPRIANO. —Siete.

EL TÍO PEDRO. —Seis para lidiarlos y uno para meterlo en casa del señor alcalde.

CIPRIANO. —¿Y las cuadrillas?

EL TÍO PEDRO. —En Madrid está Manolito para ajustarlas.

CIPRIANO. — ¡Viva Manolito!

EL TÍO PEDRO. —Más bajo, que estamos conspirando.

CIPRIANO. —Y de triato, ¿qué?

EL TÍO PEDRO. —¡Habrá teatro, y género chico!

TODOS. — ¡Olé!

CIPRIANO. —¿Y dónde?

EL TÍO PEDRO. —En la sala de mi casa. Manolito la está pintando, y como mi casa no es ningún sitio público, puedo hacer en ella lo que me dé la gana, y vengan bandos.

CIPRIANO. —¿Y habrá coro de señoras?

EL TÍO PEDRO. —¡Pues no faltaba más!

UNO. —¿Y tiple?

EL TÍO PEDRO. —¡Tiples!

CIPRIANO. —¿Y harán Al agua, patos?

EL TÍO PEDRO. —Nos hará lo que nos dé la gana. Manolito está en Madrid contratando la compañía.

CIPRIANO. —¡Viva Manolito!

EL TÍO PEDRO. —¡Más bajo!

TODOS. (Muy bajo.) —¡Viva Manolito!

Dichos, MANOLITO, foro.

MANOLITO. —¡Muchas gracias, señores!

EL TÍO PEDRO. —¡Ya le tenemos aquí!

TODOS. — ¡Olé, Manolito!

EL TÍO PEDRO. —Habla, ¿qué has hecho?

MANOLITO. —Esperad un poco, que vengo muy cansado. Al trote dos leguas. Acabo de apearme del burro del tío Lucas. ¿Preguntarme a mí qué he hecho? ¡Todo! ¡Si no hay actividad como la mía! ¡Si aquí no puede haber má secretario que yo, y me ha echado ese tío! ¡Venganza!

CIPRIANO. —¡Cuenta, hombre, cuenta!

MANOLITO. —Llegué a Madrid, me fui al café de Levante y en media hora la cuadrilla lista. El Mosca chico, el Perdigón chico, el Vencejo chico y el Chiquilín chico, todos muy buenos chicos y con ganas de lucirse, y que me dijeron que van a quitar aquí muchas moñas. Tuve que gastarle a usted unos cuartos, porque casi todos tenían el traje de luces a la sombra, y uno había empeñado hasta las zapatillas.

EL TÍO PEDRO. —¿Y la compañía para el teatro?

MANOLITO. —Eso ha sido coser y cantar. Me planté en la calle de Sevilla y esperé; se me acercó uno y me dijo: «Caballero, dos meses sin contrata». ¡Para el coro de caballeros! Corrió la voz y, a los diez minutos, podía haber abierto el Teatro Real. El coro de caballeros me proporcionó el de señoras; la madre de uno, la esposa del otro, la hija del otro, el arreglo del otro y... arreglado. ¡Pero qué relaciones tan extrañas entre esos artistas! ¿Quién dirán ustedes que es la característica? La abuela del primer espada. ¿Y el apuntador? El marido de la tiple. Ni se ven ni se oyen, están separados amistosamente, pero no tiene inconveniente en apuntarla.

EL TÍO PEDRO. —Y de la tiple, ¿qué?

MANOLITO. —De la tiple, ¡too!

EL TÍO PEDRO. —¿Tiple ligera?

MANOLITO. —De lo más ligerito que me he encontrado.

EL TÍO PEDRO. —¡Cuenta, cuenta!

TODOS. —Sí, sí. ¿Qué hay de la tiple?

MANOLITO. —Me llevó un amigo a su casa. ¡Qué casa! Alfombra hasta en el portal y un olor desde la antesala, ¡un olor mareante! Salió una doncellita con un delantal blanco como la nieve y un olor... Allí huele todo a gloria, y uno piensa en seguida, ¡mejor sabrá! Nos recibió en su camarín. ¡Estaba hermosísima!, con una bata color de rosa toda de encaje. Encajes por aquí, encajes por allá, todo transparente. ¡Cómo estaba aquella mujer! ¡Qué ligera, ay, qué ligera!

TODOS. —¡Ay!

MANOLITO. —La enteré de mis deseos, y me contestó sonriendo: «Vamos, un bolo». Algo me sorprendió que me llamase bolo, ¡pero con aquella boca de rosa, aunque me hubiese llamado ladrón! Pidió, acepté en seguida, le he gastado a usted unos cuartos, ¡porque esas cantantes son muy caras!

EL TÍO PEDRO. —¡Eso qué importa! ¿Vendrá?

MANOLITO. —Vendrá a cantar Caramelo, La torería, La coleta del maestro, El padrino del Nene, El traje de luces, La corría de toros y Pan y toros.

CIPRIANO. —Pero... ¿no va a cantar ¡Al agua, patos!?

MANOLITO. — ¡Ésa canta lo que hay que cantar! Vaya, señores, a no perder tiempo, cada mochuelo a su olivo, que al Alcalde le van extrañando estas reuniones, y a mí no entretenerme, que me falta el tiempo. Tengo que viajar, tengo que contratar, tengo que pintar y tengo que conspirar. La cuadrilla llega a las cuatro, la tiple está al caer. Voy por la tiple.

CIPRIANO. — ¿Por dónde vendrá la tiple?

CORO. — Hasta, luego, señor Pedro.

EL TÍO PEDRO. — Voy con vosotros.

(Mutis todos por el foro.)

Escena III

ANTONIO y ROSA.

ANTONIO (Por la izquierda.)

      Con precaución avancemos.

(Se asoma a la puerta del foro. Llamando, por la derecha.)

      Rosa, mi Rosa.

ROSA   ¡Tú aquí!

ANTONIO Por el corral me metí,

      por donde siempre nos vemos.

ROSA   Pero ¿y si padre te siente?

ANTONIO No tengas miedo; ha salido.

      Si a estas horas he venido

      es que me trae algo urgente.

      Vengo a pedirte un favor.

ROSA   ¿Tú pedirme? Concedido.

ANTONIO No es fácil lo que te pido,

      es una prueba de amor.

ROSA   ¿Una prueba? Se dará.

ANTONIO Mi padre, aunque la ha buscado,

      aún la reina no ha encontrado

      y desesperado está.

Pide, ruega, ¡que si quieres!...

De hallarla no lleva trazas.

El tuyo con amenazas

ha asustado a las mujeres.

Mi proposición es ésta:

¡hay que luchar y vencer!

¿Te atreves tú? ¿Quieres ser

tú la reina de la fiesta?

Ellos se odian con furor

y nosotros nos queremos.

¿Quieres tú que contestemos

al odio con el amor?

ROSA   Vaya si me atreveré.

Y que vengan luego males.

Pero esos Juegos florales,

¿qué son?, que yo no lo sé.

ANTONIO Fiesta de versos y flores,

no de chulas ni toreros,

concurso de caballeros

y damas y trovadores.

Fiesta de rimas preciosas,

de elocuencia y alegría,

de saber y gallardía

y de mujeres hermosas.

¡Dice poesía a raudales,

saber, ingenio, belleza,

cultura, delicadeza,

quien dice Juegos florales!

ROSA   ¿Y yo la reina seré

de tantas cosas?

ANTONIOTú, sí.

ROSA   ¿Y luego mi padre, di?

ANTONIO¿Dudas?

ROSA   Yo no dudo. ¡Iré!

ANTONIO¡Qué consuelo, qué alegría!

ROSA   Ahora, vete; estoy sin calma.

Adiós, Antonio de mi alma.

ANTONIO¡Adiós, reina de la mía!

(Mutis por la izquierda.)

ROSA, EL TÍO PEDRO, después PACO. EL TÍO PEDRO por el fondo.

EL TÍO PEDRO. —Ea, ya está confeccionado nuestro programa, y se cumplirá a la letra. Ahora lo que hace falta es estropearle el suyo. Reventar la ópera, reventar los Juegos florales, reventar al Maestro de escuela por meterse a manteneor y reventar a la muchacha que se atreva a ser reina de esos juegos. ¡Ay de la que se atreva! (A ROSA.) Me alegro muchísimo de que estés aquí, porque tengo que decirte una cosa. He averiguado que andas en tonterías y cucamonas con el hijo del Alcalde y, como se trata de mi mayor enemigo, ¡te advierto que te expones a que te rompa una pata y a que acabes tus días en un convento de monjas!

ROSA. —¡Pero, padre!

EL TÍO PEDRO. —He dicho, y hemos acabado. (PACO por la izquierda.) Me alegro muchísimo de que te presentes con tanta oportunidad, porque quería decirte cuatro palabras. Ha llegado a mi noticia que hablas con la hija del tío Verderón y, como ese tío ha sido mi enemigo de toda la vida, ¡te advierto que estás haciendo méritos para que te rompa una pata y te mande en seguida al servicio!

PACO. —Padre, si yo...

EL TÍO PEDRO. —¡He dicho, y hemos acabado!

Escena V

Dichos, CIPRIANO, MANOLITO y LA TIPLE.

CIPRIANO (Por el foro.)

   Señor Pedro, ¡ahí está!

EL TÍO PEDRO ¿Quién?

CIPRIANO ¡La tiple! ¿Puede pasar?

EL TÍO PEDRO Que pase, que venga y no se detenga.

MANOLITO (Por el foro.)

   ¿Da usted su permiso?

EL TÍO PEDRO Que pase el que quiera.

LA TIPLE (Entrando por el foro.)

   Señores...

EL TÍO PEDRO ¿Qué veo?

MANOLITO La tiple ligera.

LA TIPLE Adiós, señorita.

   Salud, caballeros.

   Felices a todos.

   Me alegro de veros.

MANOLITO ¿Qué tal? ¿He acertado?

EL TÍO PEDRO ¡Qué buena persona!

PACO   ¡Qué moza más guapa!

ROSA   ¡Qué chica más mona!

LA TIPLE   Por Dios, una silla.

EL TÍO PEDRO   Tráete la dorada.

LA TIPLE   Ustedes dispensen.

                  Estoy muy cansada.

(Se sienta. La rodean todos.)

                  Hacer mi equipaje,

                  que es larga tarea;

                  al tren maldecido

                  que a mí me marea;

                  después en un carro,

                  sin muelles, ni nada,

                  y luego en un burro;

                  ¡estoy muy cansada!

                  Doce o trece horas

                  sin reposo alguno.

                  ¡Me caigo a pedazos!

MANOLITO   ¡Quién cogiera uno!

LA TIPLE   ¿Y quién es la empresa?

MANOLITO   Aquel caballero.

LA TIPLE   Me alegro. ¡Un vejete

                  con mucho salero!

EL TÍO PEDRO   ¡Vejete! ¡Salado!

(Empujando a ROSA hacia la derecha.)

   ¡Ay, niña, anda fuera,

   que a ti no te importa

   la tiple ligera!

(Mutis ROSA por la derecha.)

   Pues sí, señorita,

   yo soy empresario;

   y aquí ha de gastarse

   cuanto es necesario.

   Tendrá usted su paga

   en oro si quiere,

   y dulces o flores

   si usted las prefiere;

   soy rico y por gastos

   yo nunca me arredro.

   Que pida esa boca,

   que aquí está el tío Pedro.

LA TIPLE   Pues así me gusta,

   los hombres con brío.

   ¿Quién es ese joven?

EL TÍO PEDRO Es un hijo mío.

LA TIPLE   ¡Qué mozo más guapo!

EL TÍO PEDRO ¡Ay, Paco, anda fuera,

que a ti no te importa

la tiple ligera!

(Empujándole y echándole hacia la izquierda.)

¿Y de dónde bueno

tanta maravilla?

LA TIPLE Lo dice el acento:

del propio Sevilla.

Le debo la vida

al suelo español:

a un grano de sal

y a un rayo de sol.

Muy cerca de Triana

corrieron mis días.

De allí traigo flores

y traigo armonías,

la risa que alegra

y el hondo jipío.

¡Yo canto, yo bailo,

yo lloro, yo río!

CIPRIANO ¡Me he quedado mudo!

EL TÍO PEDRO Dónde estoy no sé.

MANOLITO Al lado de esto,

el Lohengrin, ¿qué?

CIPRIANO   ¡Es una barbiana!

EL TÍO PEDRO   ¡Es que es de primera!

LOS TRES   ¡Bendita mil veces

               la tiple ligera!

(Música.)

LA TIPLE   Cantar por oficio tengo,

               y siento el oficio mío.

               Con la petenera lloro

               y con la jota me río.

               Me ofrecen regalos

               los ricos señores.

               La escena que piso

               se llena de flores.

               Las noches que canto

               son noches divinas;

               mas siempre entre rosas

               se ocultan espinas.

               Me paso los días

               a veces llorando,

               mas todos mis males

se alivian bailando.

¡Ay, ay, ay!, que yo tengo penitas,

¡ay, ay, ay!, que me jasen llorar,

¡ay, ay, ay!, que de todo me olvido,

¡ay, ay, ay!, si me pongo a bailar.

(Bailando.)

LOS TRES ¡Ay, ay, ay!, qué mujer tan barbiana,

¡ay, ay, ay!, que me gusta la mar,

¡ay, ay, ay!, que si baila con gracia,

¡ay, ay, ay!, que me jase bailar.

(Bailan todos.)

LA TIPLE   Tengo de oficio cantar,

 canto por hondo y por alto;

pero todos mis cantares

en un baile los remato.

El baile es mi fuerte

y a mí me alborota:

si estoy muy contenta

 yo bailo la jota;

si tengo mandanga

un tango pausado;

si estoy muy rabiosa

un zapateado.

Yo bailo en la escena,

yo bailo en mi casa;

si lloro, bailando

la pena se pasa.

¡Ay, ay, ay!, que yo tengo penitas,

¡ay, ay, ay!, que me jasen llorar,

¡ay, ay, ay!, que de todo me olvido,

¡ay, ay, ay!, si me pongo a bailar.

LOS TRES ¡Ay, ay, ay!, qué mujer tan barbiana,

¡ay, ay, ay!, que me gusta la mar,

¡ay, ay, ay!, que si baila con gracia,

¡ay, ay, ay!, que me jase bailar.

(Hablado.)

LA TIPLE. —Vaya, ya les he dado a ustedes una muestra de mis habilidades. Ahora me voy a dormir una siestecita.

EL TÍO PEDRO. —¿Dónde?

LA TIPLE. — A la posaa.

EL TÍO PEDRO. —Eso no lo consiento yo. Usted no sale de mi casa.

MANOLITO. (Bajo.) —Pero, ¿y la niña, señor Pedro?

CIPRIANO. —Véngase usted conmigo, que soy hombre muy formal.

MANOLITO. (Bajo.) —Pero ¿y tu mujer, Cipriano? (Alto.) Usted conmigo, que soy soltero.

LA TIPLE. —¿Sortero? No quiero compromisos. A la posada.

EL TÍO PEDRO. —Oiga usted.

MANOLITO. —Venga usted aquí.

CIPRIANO. —Señá tiple.

(Mutis LA TIPLE y CIPRIANO por el fondo.)

Escena VI

EL TÍO PEDRO y MANOLITO por el foro.

EL TÍO PEDRO. — Vamos divinamente.

MANOLITO. —Divinamente. Hundidos los Juegos florales; esta tarde iban a celebrarse.

EL TÍO PEDRO. —Me alegro.

MANOLITO. —El Verderón no encuentra reina en todo el pueblo; hasta su hija se ha negado.

EL TÍO PEDRO. —Claro, como que he hecho correr la voz de que a la muchacha que lo sea la deslomo.

MANOLITO. —Tampoco hay quien escriba la poesía. Habían alquilado un poeta en Madrid y el vate se ha guardado el anticipo y no viene. Ni a estas horas hay mantenedor.

EL TÍO PEDRO. —¿Y el maestro de escuela?

MANOLITO. —Le han llevado a la taberna, por encargo mío, y le han dado una soberbia comida compuesta de siete platos, catorce postres y veintiuna botellas, y a estas horas está con un cólico miserere.

EL TÍO PEDRO. —Benditos sean el ingenio y el salero que te ha dado Dios. ¿Y la ópera?

MANOLITO. —Hundida la ópera. Voy a poner un parte a la Tamburini, a Giusepini y a la Marcelini, que diga: «Pueblo Villacantos amotinado contra ópera espera compañía carretera todos garrotes disponibles pueblo. Un amico».

EL TÍO PEDRO. —¡Bravo!

MANOLITO. —Y por último, esta noche unos amigos y yo vamos a dar el golpe. Por el corral llegaremos al cobertizo y robaremos el cisne, y sin cisne no hay Lohengrin.

EL TÍO PEDRO. —¡Buena idea! ¡Buena idea! Vente a tomar unas copas de manzanilla, que te lo mereces.

MANOLITO. —Anda, toma civilización, toma regeneración y toma el quitarme la secretaría del Ayuntamiento.

MUTACIÓN

Cuadro III

El salón del Ayuntamiento preparado para los Juegos florales; adornadas las paredes con guirnaldas de flores y banderas. En el fondo filas de sillas para el público; delante tres o cuatro sillones para RAMÓN, EL MAESTRO DE ESCUELA y acompañamiento. A la izquierda, en primer término, el trono para la reina de la fiesta, con su sillón y dosel, y a derecha e izquierda otros sillones para la corte de amor. La habitación debe tener ventanas al foro y dos grandes puertas a la derecha. Todo el cuadro es una escena musical.

Escena I

RAMÓN, EL MAESTRO DE ESCUELA, ANTONIO, Coro general; después ROSA, Comparsería y EL POETA; luego EL TÍO PEDRO, MANOLITO, CIPRIANO, Coro de Hombres, Cuadrilla de Toreros y LA TIPLE.

Música.

CORO (Entra el Coro de Mujeres por la derecha, todas con sus vistosos trajes de día de fiesta.)

> Por milagro he llegado,
>
> pues aquel animal
>
> por venir a los juegos

me ha querido pegar.

Aunque me ha asegurado

que me arranca la piel,

lo que son estos juegos

tengo yo que saber.

A las sillas, muchachas,

que viene ya

el Alcalde con toda

solemnidad.

(Se sienta el Coro de Mujeres en las sillas del fondo; por la primera derecha entran los Maceros del Ayuntamiento, detrás el alcalde RAMÓN y dos o tres Concejales, con sus trajes típicos de gala, y después EL MAESTRO DE ESCUELA, apoyado en el brazo de Antonio, andando con trabajo. Todos entran dignos y reposados y ocupan sus sillones.)

RAMÓN   De los Juegos florales

empezó la sesión,

estos juegos serán

para el pueblo un honor,

De pie todos, señores,

que el momento llegó:

saludad a la reina

y a su corte de amor.

(Entra ROSA, la reina de la fiesta, vestida de blanco al compás de una marcha triunfal. Dos Pajes le llevan la cola y la sigue la corte de amor, seis Mujeres con sus trajes blancos con descote y cola; ocupan todas sus asientos. Entra EL POETA correctamente vestido de frac y con melena.)

ROSA   El poeta premiado

            con la flor natural

            las divinas estrofas

            que nos haga escuchar.

EL POETA Al amor, que es la vida,

            he querido cantar,

            que del alma el amor

            es la flor natural.

(Desenvuelve sus papeles.)

            Canto al amor, encarnación del mundo;

            canto al amor, que es mi ilusión querida;

            canto al amor, prolífico y fecundo;

            canto al amor, esencia de la vida.

            La pálida aurora,

            la noche estrellada,

            la luna apagada,

            el día con sol;

            las flores que exhalan

perfumes divinos

y el ave y sus trinos,

¿qué son sino amor?

CORO   Estos Juegos florales

qué bonitos que son.

ROSA   Sigue, canta, poeta,

canta siempre al amor.

EL POETA   Para cantar mis amores

dadme angelicales coros,

dadme rimas, dadme flores,

dadme...

PUEBLO   (Dentro, alborotado.)

¡Toros, toros, toros!

EL POETA   ¿Qué es lo que pasa? ¿Qué dicen?

RAMÓN   (¡Adiós, ya se armó el motín!)

ROSA   Siga, siga la lectura.

RAMÓN   ¡Entera, toda, hasta el fin!

EL POETA   Canto al amor, encarnación del mundo,

canto al amor, esencia...

PUEBLO   (Dentro.)

¡Fuera, fuera!

EL POETA   Canto al amor prolífico y fecundo.

¡Canto al amor y a los amantes!

PUEBLO (Más cerca.)

        ¡Muera!

RAMÓN   ¡Silencio! ¡Prosiga usted!

EL POETA ¡Han entrado en el portal!

ROSA   ¡Siga adelante el poeta,

        el de la flor natural!

TODOS   Estos Juegos florales

        no se van a acabar.

        ¡Ay, Dios mío del alma,

        que nos van a zurrar!

RAMÓN   ¡Calma, adelante!

EL POETA ¡Ya suben!

PUEBLO (Muy cerca.)

        ¡Muera!

RAMÓN   ¡Que vengan a mí!

        ¡Adiós, regeneración!

        ¡Cobardes!

CORO   ¡Ya están ahí!

(Hacen violenta irrupción los Hombres armados con garrotas y a su frente EL TÍO PEDRO, CIPRIANO y MANOLITO. Fuga general: EL POETA salta por una ventana, a RAMÓN se lo llevan los Amigos por la segunda derecha, ROSA se desmaya, ANTONIO la coge en sus brazos y se la lleva por una puertecita de escape que habrá cerca del trono. Las Mujeres chillan, momentos de gran confusión.)

EL TÍO PEDRO Calma, calma, señores,

              y a seguir la sesión.

              A sus sillas vosotras

              y yo aquí en mi sillón.

(EL TÍO PEDRO, con sus Amigos, se sienta dónde estaban el alcalde
RAMÓN y los suyos; las Mujeres vuelven a las sillas que ocupaban.)

              De los Juegos florales

              la gran farsa acabó.

              Saludad al torero

              y a su corte de honor.

(Paso doble. EL PRIMER ESPADA, detrás toda la Cuadrilla formada
con sus trajes de luces y sus capotes de paseo. Aplausos y vivas. EL
PRIMER ESPADA ocupa el sillón de la reina de la fiesta y la
Cuadrilla los de la corte de amor. Otros varios Mozos entran en
escena tirando del cisne de Lohengrin. En el cisne viene LA TIPLE
ligera, con falda de alamares, chaqueta torera y calañés.)

LA TIPLE   (Saltando del cisne.)

                ¡Ay, ay, ay!, que los Juegos florales,

                ¡ay, ay, ay!, acabaron muy mal,

                ¡ay, ay, ay!, que los juegos no importan,

¡ay, ay, ay!, si me pongo a bailar.

(Baila; la rodean; le tocan las palmas; MANOLITO la acompaña.
Gran animación. Telón.)

MUTACIÓN

Cuadro IV

Telón corto: la casa del alcalde. Grandes estanterías llenas de libros que ocupan todo el lienzo, pintadas en el mismo.

Escena I

RAMÓN y EL MAESTRO DE ESCUELA, entrando por la derecha.

RAMÓN. —¡Qué desastre!

EL MAESTRO DE ESCUELA. —¡Qué vergüenza!

RAMÓN. —¡Derrotado, pero no vencido! ¡Nos vengaremos! ¡Tomaremos la revancha!

EL MAESTRO DE ESCUELA. —Más vale dejarlos; son muy brutos. No lo pueden remediar. Estoy molido. ¡Los palos, los coscorrones y los puntapiés que me han dado esos salvajes! Los padres de los hijos desaplicados se han vengado en mí de la torpeza de los nenes.

RAMÓN. —¡Esto no puede quedar así!

EL MAESTRO DE ESCUELA. — ¿Y esa guardia municipal?

RAMÓN. —¡Si no tienen fusiles! ¡Ay, en cuanto vengan los máusers, no le pido a Dios sino que lleguen pronto los máusers!

EL MAESTRO DE ESCUELA. —Sólo ha habido una nota simpática en los Juegos florales.

RAMÓN. —Sí, la hija del tío Pedro, esa criatura valerosa que, desafiando a su padre, ha venido a presidir la fiesta.

EL MAESTRO DE ESCUELA. —¡Pobre! ¡Qué paliza le habrán dado a estas horas!

RAMÓN. —¡Paliza a ella! ¡El que le toque un cabello se va a acordar de mí! ¡Dios mío, los máusers, que me traigan los máusers!

Escena II

Dichos y MANOLITO, por la derecha.

MANOLITO. —¡Señor Ramón!

RAMÓN. —¿Tú aquí?

MANOLITO. —No, no me ponga usted esa cara. Vengo de paz. No soy un enemigo. No le guardo a usted rencor por aquello de la secretaría. Vengo, por el contrario, a ofrecerle a usted mi ayuda. ¡Vengo indignado! Soy un hombre educado, al fin, bachiller en artes, y me repugnan estas salvajadas. ¡Qué vergüenza!

EL MAESTRO DE ESCUELA. —Eso estábamos diciendo, ¡qué vergüenza!

RAMÓN. (Bajo.) —¡No le haga usted caso, que viene sólo a divertirse a costa nuestra!

MANOLITO. —¡Qué vergüenza lo que ha pasado esta mañana y qué vergüenza lo que va a pasar esta tarde!

RAMÓN. —¿Y qué va a pasar?

MANOLITO. —¡Que va a haber toros!

RAMÓN. —¡Toros!

MANOLITO. —Sí, señor, a pesar del bando. ¡De qué sirven aquí los bandos! ¡Ande usted y escriba usted bandos! ¡Qué cosa más triste!, ¿verdad?

RAMÓN. — (¡Dios mío, dame paciencia!)

MANOLITO.-

Pues sí, señor; los mozos están atrancando las calles con carros y con tablones, y ya está la plaza llena de gente y la música en su puesto.

¡Va a haber toros, y como vive usted a dos pasos va usted a oír los gritos, los aplausos, los silbidos, las peripecias de la lidia...! ¡Lo va usted a oír todo, va usted a asistir a esa fiesta brutal! ¡Es triste, es muy triste! ¡Qué pueblo, qué atraso! ¡Y qué animación hay ya en la plaza, y qué alegría y qué mujeres! ¡Y todos contra usted! ¡Sea usted bueno! Todos cantándole a usted el trágala.

¡Trágala, trágala, trágala,

trágala, trágala tú, Verderón,

tú que prohíbes

esta función!

RAMÓN. —(¡Yo le mato!)

MANOLITO. —Pero, ¡qué anomalías y qué cosas pasan en la vida!

EL MAESTRO DE ESCUELA. —¿Qué cosas pasan?

MANOLITO. —¿A que no saben ustedes en qué caballo va a picar el Melones chico?

RAMÓN. —¡Y yo qué sé!

MANOLITO. —¡En el caballo del cabo de la Guardia civil!

EL MAESTRO DE ESCUELA. — ¡Qué atrocidad!

RAMÓN. —¡Pero ese cabo!...

MANOLITO. —¿Y a que no saben ustedes lo que han hecho con el poeta?

EL MAESTRO DE ESCUELA. —Algo parecido a lo que han hecho conmigo.

MANOLITO. — ¡Mucho peor! ¡Son zulúes, señor Ramón, son zulúes!

RAMÓN. —¡Pobre poeta!

MANOLITO. —Pues al Poeta le han cortado las melenas, y le han afeitado, y le han vestido de blanco, y quiera o no quiera va a hacer de Don Tancredo.

EL MAESTRO DE ESCUELA. —¿De Don Tancredo?

MANOLITO. —¡Y en vez de subirse al pedestal va a ejecutar la suerte metido en el cisne!

RAMÓN. —¡En mi cisne! ¡Que me traigan los máusers!

MANOLITO. —¡Pero ha visto usted!

RAMÓN. —Bueno, bueno, ya he visto. Se agradece y hasta otra. (¡Vámonos, que yo no le puedo sufrir!) (Mutis izquierda.)

MANOLITO.

MANOLITO. —¡Qué ratito de gusto le he dado! ¡Y los que le pienso dar! ¡Voy a venir toro por toro a contarle los lances de la corrida! ¡Ay, cómo me voy a divertir! ¡Trágala, trágala, trágala, tío Verderón! (Mutis derecha.)

Escena IV

PACO y CONCHA. CONCHA entra por la izquierda.

CONCHA. —He visto a Paco dar vueltas a la casa. ¿Qué me querrá decir? Padre está encerrado. Le he hecho seña de que puede entrar un momento.

PACO. (Por la derecha.) —¡Concha!

CONCHA. — Paco. ¿A qué vienes?

PACO. —Primero, a decirte que te quiero.

CONCHA. —¿Y después?

PACO. —A pedirte una prueba de tu cariño.

CONCHA. —Concedida. Di lo que sea.

PACO. —Mi hermana, desafiando las iras de mi padre, por complacer a Antonio, se atrevió a ser reina de los Juegos florales.

CONCHA. —¿Y qué pretendes de mí?

PACO. —Que desafíes la cólera del tuyo y me sigas.

CONCHA. —¿Adónde? ¿Para qué?

PACO. — ¡A presidir la corrida!

CONCHA. —¡La corrida yo!

(Música.)

PACO

    Para mí, Concha del alma,

el mundo entero tú eres;

dame esa prueba de amor,

dámela, si tú me quieres.

La madre del alma mía

nunca faltaba a los toros

y en el tendido lucía

su mantilla de madroños.

Ven a la plaza conmigo,

aunque se enfade tu padre;

¡quiero que luzcas allí

la mantilla de mi madre!

CONCHA

Para mí, Paco del alma,

el mundo entero tú eres.

No me pidas esa prueba

si es verdad que tú me quieres.

Mi padre está derrotado,

acorralado y vencido,

¡y es darle una puñalada

el pasarme al enemigo!

No puedo darte esa prueba

y, porque no puedo, lloro.

¡Con qué placer luciría

la mantilla de madroños!

PACO

Cuando una española

se sienta en la plaza,

con el novio al lado

que la lleva en palmas,

como la mantilla

lleve con salero,

nada hay más hermoso

en el mundo entero.

Si eres española,

ponte la mantilla.

¡Con el que te quiere

ven a la corrida!

CONCHA

Cuando una española

se sienta en la plaza,

con el novio al lado

que la lleva en palmas,

nada hay más alegre,

nada hay más hermoso,

por el que nos lleva

más que por los toros.

Yo soy española

y amo la mantilla,

¡pero yo no puedo

ir a esa corrida!

PACO

Concha, ¿te niegas?

¿No puedes?

CONCHA

No.

PACO

Aquí el que quiere

soy yo.

CONCHA

¡Soy yo!

LOS DOS

(A dúo.)

La madre del alma mía

nunca faltaba a los toros

y en el tendido lucía

su mantilla de madroños.

Ven a la plaza conmigo,

aunque se enfade tu padre;

¡quiero que luzcas allí

la mantilla de mi madre!

 Mi padre está derrotado,

acorralado y vencido,

¡y es darle una puñalada

 el pasarme al enemigo!

 No puedo darte esa prueba

y, porque no puedo, lloro.

¡Con qué placer luciría

la mantilla de madroños!

(Hablado.)

PACO. — ¿Te niegas?

CONCHA. — No puedo.

PACO. — ¿Y tú me quieres?

CONCHA. — ¡Más que a mi vida!

PACO. — ¡Adiós!

CONCHA. — Espera.

PACO. — ¿Es que dudas?

CONCHA. — Es posible que al verme contigo se acaben los rencores
contra mi padre y comprendan que tienen razón, y hagan la paz con
él.

PACO. — Eso creo yo.

CONCHA. — Vamos.

(Mutis derecha.)

Escena V

RAMÓN, después EL MAESTRO DE ESCUELA. RAMÓN por la izquierda.

RAMÓN. —¡No puedo estarme quieto! ¡Ando de aquí para allí! ¡Estoy como loco! ¡Qué humillación! (Óyense los clarines que anuncian el principio de la corrida.) ¡Ah, los clarines! Empieza la corrida. ¡Se consumó la infamia! (Paso doble dentro.) ¡Oyéndolo todo y sin poder hacer nada! (Aplausos.) ¡La salida de la cuadrilla! ¡El paso doble! ¡Salvajes! ¡Vergüenza de Europa!

EL MAESTRO DE ESCUELA. — (Izquierda.) Señor Alcalde.

RAMÓN. —¡Déjeme usted!

EL MAESTRO DE ESCUELA. —Señor Ramón.

RAMÓN. —¡No quiero oír nada!

EL MAESTRO DE ESCUELA. —Los máusers. Ahí están los máusers.

RAMÓN. —¡Los máusers! ¡Que me traigan a Manolito!

EL MAESTRO DE ESCUELA. —La Guardia municipal formada espera sus órdenes.

RAMÓN. —¡Mis órdenes! ¡Mi venganza! Ahora, ¡sí!, ópera obligatoria, enseñanza obligatoria, matrimonio obligatorio. Y el que se case, cuatro hijos obligatorios, que no sé en qué piensan esos casados, que se me va quedando el pueblo sin chicos. Ellos me han disuelto los Juegos florales a palos, yo voy a concluir la corrida a tiros.

EL MAESTRO DE ESCUELA. —Señor Alcalde.

RAMÓN. —¡A tiros!

EL MAESTRO DE ESCUELA. —¡Por Dios, señor Alcalde!

(Mutis izquierda.)

MANOLITO, por derecha.

MANOLITO. —Señor Ramón, señor Ramón. ¡No está! Vengo a darle la gran noticia, la más dulce para su corazón de padre. Vengo a decirle, ¿a que no sabe usted quién preside la corrida? Su hija de usted. Ha entrado en el carro presidencial con mantilla blanca y ha recibido una ovación delirante. Su hija de usted. Lo mato de la alegría. (Óyense varios disparos.) Pero, ¡qué oigo! ¡Qué pasa, Dios mío! ¡Los máusers! ¡Están fusilando al pueblo! ¡Le han traído los máusers! ¡Si me pilla!... ¿En dónde me meto yo? Favor a Manolito. (Mutis cómico por la derecha.)

Cuadro V

El salón grande de la escuela. Puerta al foro. A la derecha, los bancos para los chicos, a la izquierda, sobre un estrado, mesa y sillón de EL MAESTRO DE ESCUELA; en las paredes carteles y mapas.

Escena I

EL MAESTRO DE ESCUELA, RAMÓN. El primero, en su sillón con la mesa delante, y el segundo, a su lado. EL TÍO PEDRO, CIPRIANO, MANOLITO y todo el Coro de Hombres sentados en los bancos que debían ocupar los chicos. Dos números de la Guardia municipal, con máusers, guardando la entrada, y otros dos a derecha e izquierda de la mesa.

EL MAESTRO DE ESCUELA. —Muy bien. Ya van aprendiendo.

EL TÍO PEDRO. —¡Esto es indigno!

CIPRIANO. —¡Esto es una vergüenza!

MANOLITO. —Esto es un atropello.

RAMÓN. —Todo el mundo de pie.

MANOLITO. —No me da la gana de levantarme.

EL TÍO PEDRO. —Yo no me levanto.

RAMÓN. —¡De pie, que voy a hablar yo!

CIPRIANO. —¡Que no nos levantamos! ¡Apunten!

(Los Guardias apuntan. Se levantan instantáneamente todos.)

RAMÓN. —Mis queridos amigos y paisanos. Os empeñasteis en que no hubiera ópera ni Juegos florales y os salisteis con la vuestra. En cambio no ha habido toros, ni género chico, ni baile flamenco, ni ferias, ni nada; es un beneficio que os debe el pueblo. Los novillos fueron al matadero; la carne la repartí entre los pobres; la cuadrilla de maletas se la remití al café de Levante, y la tiple ligera se la devolví a su mamá con los doce o catorce líos que se traía. En cuanto a vosotros, no os podéis quejar de mí. Os he podido meter en la cárcel por desacato a mi autoridad, os he podido fusilar, os he podido uncir a un carro... He preferido castigaros con lo que más os duele, con el estudio. ¡Todos a la escuela! No habéis venido de chicos, venís de grandes. Aquí a ilustrarse y a regenerarse, y a desasnarse. La letra con sangre entra y la regeneración con máuser. Os podéis sentar.

(Se sientan todos.)

MANOLITO. (A los Guardias.) —En su lugar descanso.

EL TÍO PEDRO. —Esto es una burla.

MUJERES. (Dentro, cantando.) —Dos y dos son cuatro, cuatro y dos son seis, seis y dos son ocho...

RAMÓN. —¡Así, así, hombres y mujeres, a aprender! ¡Cuando en España no haya un analfabeto, seremos una nación!

CIPRIANO. —Esto es un atropello. Mi mujer está criando y no puede venir a la escuela, que el chiquillo llora todo el día y se me va a quebrar.

RAMÓN. —Pues que venga con su madre y aprenden los dos a un tiempo.

CIPRIANO. —¡Si tiene seis meses!

RAMÓN. —Y eso, ¿qué?

MANOLITO. —¡Está loco perdido!

RAMÓN. —Vamos, una preguntita de historia al señor Pedro. Ha sido alcalde y es hombre de historia. De pie, Perico.

EL TÍO PEDRO. —¡Esto no se puede tolerar! (Se pone en pie.)

EL MAESTRO DE ESCUELA. — Vamos a ver, ¿cuántos y cuáles fueron los reyes godos?

EL TÍO PEDRO. —Señor Maestro, tengo cincuenta y cuatro años.

RAMÓN. —A usted no le preguntan los años que tiene, sino cuántos fueron los reyes godos.

MANOLITO. (Levantándose y con gran rapidez.) —Ataúlfo, Sigerico, Walia, Teodoredo, Turismundo, Teodorico, Eurico, Alarico...

EL MAESTRO DE ESCUELA. —Basta, a usted no se le pregunta.

RAMÓN. —Manolito, que te voy a poner de rodillas.

EL TÍO PEDRO. —No sé nada de Historia.

RAMÓN. —Pues bueno, otra preguntita de Geografía.

EL MAESTRO DE ESCUELA. —Señor Pedro, ¿dónde desemboca el Ebro?

EL TÍO PEDRO. —En Zaragoza.

EL MAESTRO DE ESCUELA. —No, por Zaragoza pasa.

EL TÍO PEDRO. —Y nace y muere y too; yo no he oído hablar del Ebro más que en Zaragoza.

RAMÓN. —¿Ves como no sabes nada, animal?

EL TÍO PEDRO. —Pero tengo algo que tú no tienes: educación.

RAMÓN. —¿Quién, yo? ¡A mí no me faltas tú!

EL MAESTRO DE ESCUELA. —¡Señores, señores!

MANOLITO. (A los Guardias.) —¡Apunten!

EL TÍO PEDRO. —Vaya, una preguntita a ése que chilla tanto.

EL MAESTRO DE ESCUELA. —¡Manolito!

MANOLITO. —¡Señor Maestro!

EL MAESTRO DE ESCUELA. —¿Cuántos Enriques ha habido en España?

MANOLITO. —Cinco.

EL MAESTRO DE ESCUELA. —Ha habido cuatro.

MANOLITO. —Y el de la Plaza de Toros, cinco. Y ahora, una preguntita al señor Ramón, que también es alcalde, a ver lo que sabe.

RAMÓN. —No hace falta, no sé nada: me declaro el primer ignorante de todos y me paso a los bancos. (Se sienta entre todos.) ¡Dos y dos son cuatro!

TODOS. —¡Cuatro y dos son seis, seis y dos son ocho!...

Escena II

Dichos, CONCHA, ROSA, ANTONIO y PACO, por el foro.

CONCHA. —Ea, señores, se acabaron las clases, son las doce. Y para estos señores se acabaron para siempre.

RAMÓN. —¿Y quién lo ha dispuesto así?

ROSA. —¡Yo, su nuera de usted!

RAMÓN. —¡Mi nuera!

ANTONIO. —Sí, padre.

CONCHA. (A EL TÍO PEDRO.) —¡Y yo, su hija de usted!

EL TÍO PEDRO. —¡Mi hija!

PACO. —¡Pues claro, mi mujer!

EL TÍO PEDRO. —¡Eso no lo consiento yo!

MANOLITO. —¡Eso jamás, jamás y jamás!

RAMÓN. — ¡Apunten!

CONCHA. (A EL TÍO PEDRO.) —¿Va usted a rechazar a la presidenta de la corrida?

ROSA. (A RAMÓN.) — ¿Y usted a la que se atrevió a ser reina de los Juegos florales?

CONCHA. —Ea, todo el mundo a casa. Estas luchas en el pueblo se han acabado para siempre. El año que viene habrá en la feria lo que desea el señor Pedro y cuanto quiere mi padre: todo lo culto, lo bueno y lo civilizado que venga de fuera, y todo lo neto, lo castizo y lo español que tenemos en casa.